ウサギ　これでも

犬　これでも

目には葉を

魚として

犬のハート

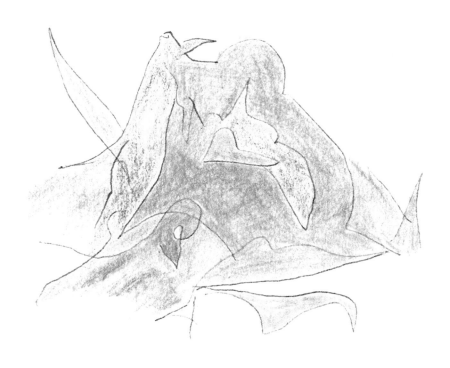

人は顔しのばせて

馬　ダービー

花の節

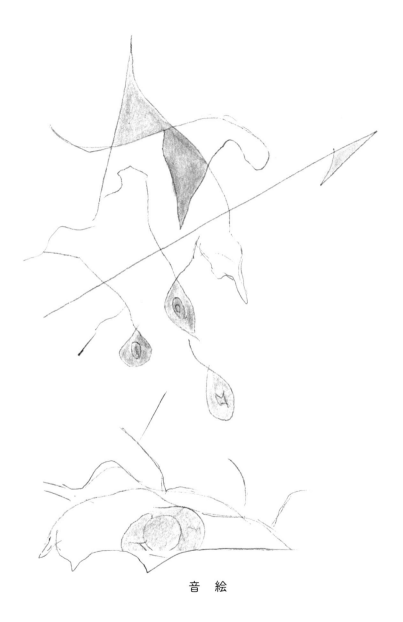

音　絵

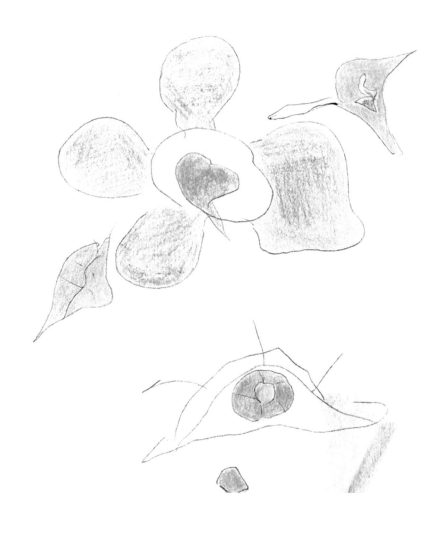

花目　ラフレシア

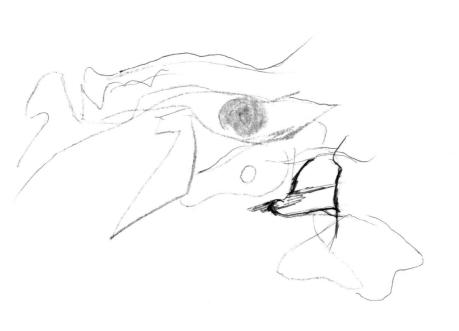

ロートレアモン（イジドール・デュカス）

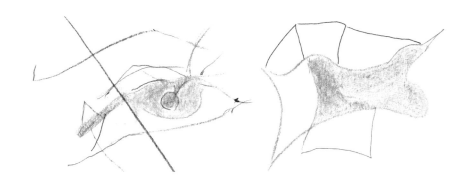

ジャン・ニコラ　アルチュール・ランボー

私訳
ランボーアンソロジー

SeReine Junco Kobayashi

文芸社

♡ INVITATION　序文

「みな17歳で始めるさ」
レイモン・ラディゲの言葉
前回訳のボードレールは
12歳で接したが
アルチュール・ランボーと
ラディゲの「肉体の悪魔」とは、
（永遠）17歳で、歪まない
人間のさまがわり
待ってましたと言わんばかり
瞳多き世界に感性を確かめたく、
感激は映画と
一生に対する問いかけとともに

2020.11/10M

目　　次

DÉLIRES 錯乱Ⅱ　ALCHIMIE DU VERBE 47

Illuminations イリュミナシオン

ANTIQUE

PROMONTOIRE

ANGOISSE

MÉTROPOLITAIN

À UNE RAISON

私訳　アルチュール・ランボーアンソロジー

SENSATION　感動

夏の青き今宵、感応のおもむく折
麦に小斑点打たれ草原を目ざせ
夢見る日ごと、足下の冷感迸り
むき出し頭部よ心、風向に浸せ

真知の無言、心を開放せり
だが、愛は無限を呈し、魂を折り
私は遠方へおもむく限りなく
自然体は目的_{ボヘミアン}と伴に喩楽_{ゆらく}
1870年5月

2020.11/10　AM5:12〜5:47

10

Le BATEAU IVRE

酔いどれ舟①

大海原を未知なる流浪と
舟曳きの導き感知せぬ
赤肌の者に的と
色彩的な杭に裸体貼りぬ

私の脳裏に乗組員は感知せぬ
フラマンの麦とイギリスの綿のせ
あの舟曳き騒動去りぬ
大海原は私を波音に委ねと

包含されし狂気の日、潮騒と
ある冬期に頑迷な子供あらせ
疾走する私！　半島の混迷せし
それ以上ない程の怒濤ぬれ

2020.11/12J　AM3:25〜4:55

酔いどれ舟②

嵐が私の人生航海を祝福し
波間のダンス気心浮かれし
永劫の犠牲者と遥かな燈台と
十夜にて顧慮せぬ

子供達にとっての甘酸っぱいリンゴより甘し
緑水が私に浸透し樫の木のせ
ワインのしみや吐瀉物流し
舵も錨も散りし波音せぬ

今ぞ時の襲来ぞ詩とし
海は流星わが天の川ぬれ
蒼空を希求せし晦冥（かいめい）となれ
折々水死人もの思いに沈みぬ

酔いどれ舟③

突如、蒼然色へと染色され生命
リズムはレントより日の陰影
強調のアルコール竪琴よ渺茫と
苦難の愛憎はとめどなし

わが閃光は竜巻を志し
今宵こそ暗礁へと転身され
曙光もまた鳩の群れ
昔日の人と幾多の出会い

太陽直下、神秘への畏敬
紫色の長波渡りてイリュミナシオン刺し
いにしえの心と口と行いと
浮游した波濤は遠景の鎧戸を呈し

夜の目覚は雪に幻惑され
海洋に目と頭をもたげ口づけし
命は未踏の領域へと
黄色や青色の燐光が合唱し

酔いどれ舟④

牛舎に酷似せしあふれよつきし
刻印されしヒステリックな生地獄と
夢想を絶する灯下のマリー
さるぐつわよ海の背腹

よしんば生命在っても狂乱せしぬ
百花繚乱と豹の膚が目をしめぬ
人よ虹の手綱をとれ
海よ水地平線よ碧緑と羊となれ

沼地は醸酵し未知の魚梁をと
連結せしレヴァイアサンと
凪の中心いそそぎ崩壊せし
遠景は深淵と大瀑布を折れ

AM7:25〜8:32

酔いどれ舟⑤

燠空の氷河は白銀の太陽帯びし螺鈿の波と
座礁し焦茶色の醜悪な入江へと
ゴリアテとスネイクは罪と罰にさいなまれ
入江は樹木が曲折し漆黒の悪しき芳香と

銅の音に子供達も立ち上がるし
浮游せし蒼色づく黄金魚歌い
花々の泡沫よ、漂泊せしと
突風により気息奄々と

時折、殉教者の聖域に昇れ
舟横ゆれ嗚咽と震撼をおこし
足に影のような花がすいつくと
しなやかなひざもて余し

酔いどれ舟⑥

半島で端々を揺さぶられ
鳥が汚しわめきたて黄金色の目元
私の命綱まで通過し漕ぎ出せ
水死人は眠りにつき後退

私は自己喪失し錯綜せしぬ
大旋風よ鳥より天空オルガンのごとし
私は海防船のごとしハンザ船
骸骨の酔いしれた屍骸

自由の煙幕は紫色に立ちこめし
赤裸々な天のほころび壁穴埋めぬ
涙満つは入港、ジャムと詩情と
太陽の苔は天駆けし

衛星や電気が疾駆し
狂わしき小舟走り急ぐ黒き海馬
夏祭り珍奇をきたし
天駆ける紺青の漏斗でふり分けぬ

AM9:15〜10:37

酔いどれ舟⑦

私と言えば50里程進行感じぬ
原初の言の葉ルーツ大渦期さしかかれ
永遠の引率は不動の煽動と
私は懐古すヨーロッパの古代胸壁をと

私は列島に恒星と島々見し
錯乱せし漂流者なりぬ
夜は底無し出口まではてし
数千羽の極楽鳥よ未来運に強し

私は真に泣きごと悲痛なれ
払暁の月も衛星も太陽すら苦々しい
愛念は陶酔となれ膨張し
竜骨はされど海の翼となれ

酔いどれ舟⑧

もしヨーロッパの水こいしければと野蛮な今上
そはフラッシュと黒の寒気よ黄昏に木漏れ日かおれ
地獄の黎明に悲愴感と仕打ちあふれ
笹小舟に５月パピヨンと無気力をのせ

私は倦怠にたゆたう心されぬ
ポーターとコットンの跡を奪わない
驕慢さ横切り炎の旗よ去来
裸形の目よ怖れおののく獄舟去らぬ

PM12～12:35

注釈　詩と師徒セーヌヴェルレーヌ
（脚韻 rime しとせぬれいぬ）

海を見ずして海を語る

アルチュール・ランボーの空想力の産物と賜

当時のポーの冒険小説やスティーヴンソン「宝島」

マルコポーロの「東方見聞録」

ボードレールも意識したのか？　「旅へのいざない」

パリ万博で異国への文芸開花と好奇心

パリコミューンのカオス

自己出奔、出発は古典から現代詩への天の川での接点と

離別に思われる

舟は酔いどれ詩壇に殴り込み

セーヌ川の未聞へと未踏の舞踏

詩へと旅立つ

ルネサンスへ詩のプロポーション

2020　11/12J

Qu'est-Ce Pour nous, mon Cœur

眩惑①

私達にとってわが心よ地に寄りそう血
戦く傷に最悪の長びく雄叫び
血の整列か地獄の再来よ
総ての律然とあるアキロン再び残り火

総ての復讐よ無よだが、もう一度想う
欲心の産業、王子、主従の下
非業の死・可能ならしめ正義は歴史下
されば我々為せり血よ血よ黄金燃焼

総ての戦闘と復讐と焦土
わが精神、真知の奪還は過ぎ越し
世紀の民主政治、皇帝といえど
要諦、属国、人民は静止

2020.11.17M

眩惑②

渦巻よ集合体となり熱狂し激昂せん
いかに我ら友愛を想像せん
ロマネスクの友よ祈りつけ
決して狂気に浮游したまうな

ヨーロッパ、アジア、アメリカ、散在し
わが市場のリベンジ多忙の極意とし
シテと地方我ら圧擦され
火山のごとく破裂と海洋は打ちのめされ

わが友よ心まさに友愛に満ちよ
暗黒の未踏に向け飛翔せよ
不幸にも、私はうち震え街は滅却
私の真価はさらなる地の底辺

この場においては不在の自己

AM12:17～1:14

Bruxelles Boulevart du Régent
(アクサンテギユ)

ブリュッセルブルバール・ドゥ・レジャン①

７月
花壇のアマランサス（葉鶏頭）まさに
ジュピテルよ快楽のおいての場
我感受せんそは君よここかしこに
君の青き時代はサハラとほぼカオスに

太陽のしたたりや薔薇に相似
蔓植物ここにきて包囲され
少なからず希望観測は籠城

陥落の鳥よイアォー、イアオー！

閑静な住宅地と古しえの熱情
キオスクの熱狂はそれら影景色
フェスティバルの方向よ露台の色香
ジュリエットの陰影の下

2020.11.19J

ブリュッセルブルバール・ドゥ・レジャン②

ジュリエット、そはアンリエットの名を呈し
魅惑の駅舎よ鉄道へ
わが心の激情は果樹園の深奥へ
いかに数多の魔性が空中に躍動せん

土手に歌わば、オレンジの天国
ギター爪弾く枝はアイルランド
ガイアニーズの食べっぷり
子供達のはしゃぎも籠の鳥

窓の枠で我思索せり
魚毒、エスカルゴ、ビール
太陽の真下でまともにそれより
青春の踏み外し沈思と加護

動向と行き場の読めない人通り
ドラムもコメディも全休止
地獄の無限性への結託なり
我、真性なる静謐を求めし

AM3:05〜3:56

MICHEL ET CHRISTINE

ミッシェルとクリスチーヌ①

何だと言うのだ太陽がもし絶壁なら
逃がれよ、いやはや洪水！　見よ地軸の影ながら
茨の道で街中で栄誉の道
嵐吹きまく雨滴の攻撃なら

聖子羊、孤独の Métaphysique の戦士
やせ衰えた灌木のアーケードへ
逃がれよ原野へ砂漠へ牧野へ地平線
嵐の赤色、赤裸において

黒い犬、茶色彩どりマントは深淵へ吸い込まれ
スコール逃がれよ時の栄誉、すい星のごとし
黄金色の畜群よ見よ影のカオスの浮游
栄光への帰還にふれては転落し

2020.11.25M

ミッシェルとクリスチーヌ②

私と言えば主よ！　精神この通り覚つかなし
赤裸な氷河期の、のち地には
天空、神の怒り飛び去る天使
数多のなげき長らく鉄道にしかれ

なら千の狼、千の野蛮な行動
誤謬の愛よ昼顔のように去りし
こんな怠惰よ午後の醜態
ヨーロッパの古しえ聖なる孤絶の頌歌

月の明瞭さののち、即日無法地
天上に赤乱し暗黒は快復するか
錯乱した現世に蒼白なる駿馬か
メッセンジャー冷酷な原石よ、この熱中地

そしてわが青春の浮かれ気分
青い瞳よ開眼せよゴールの赤裸へ
神の子羊、パスカル、神の足元
ミッシェルとクリスチーヌ、キリスト

AM4:05〜5:05 最終アイドル

UNE SAISON EN ENFER　A. RIMBAUD
地獄の季節　アルチュール・ランボー

語りなば①

さて、ここで、私の人生をよりよき

思い出として語らんならば

悔悟の告解もしくは追想の

帳(とばり)を開示せん

ある夜、跪(ひざまず)いて美的理念に

沈思すれどわが想いせんなく

苦悩と侮辱にさいなまれる

私は正義に対峙し武装した

私は逃避した、魔法使いから

悲惨から嫌悪から、それらは

私からあなたへの告解の宝庫

とならんことを

総てのわがエスプリの内なる

人間性への希求と観点への失神

目的の国へ到破せんことを

他者のための幸福論と

自己の獣性へのデカダン

語りなば②

総ての道は自己に到達せん

私は幸福を招来せんとし死の時限へと銃口を向けるといった

錯綜した道程を示した

血の砂とともに窒息せし惨禍をも語らん

わが神よ、私の不幸のたぎる心よ

願わくば長らく耽溺した杭

罪と罰の無味乾燥と同時の

世を開く狂気への愉楽内に

青春に付随する痴情の戦慄

最終地への迂回

夢想し希求した砂上の楼閣

築くは気付く再起へと

おびき寄せるはわが過ぎ去りし

告解！

2020.12/5S　AM4:31〜6:00

語りなば③

献身そは夢想と言う名の
インスピレーションであろう
ハイエナ、悪魔は疾走し
祝い転げる「死への願望」に
とりつかれエゴイズムは主題の罪に陥る
余りにもひどい！　サタンよ
謀反人と怒りの瞳へとかき立て
わずかな臆病と遅退へと沈下す
詩人への愛と不在、詩作の
能力、構想を構築し
水先案内するあなたの
数多の醜悪な劫罰

2020.12／5S　AM4:31〜6:00

NUIT DE L'ENFER

地獄の夜①

私は名高き詩壇に毒づき

その場でたんかをきった

三度(みたび)その恩恵に導かれ

再臨した！　それら入斉唱は

私を暴挙へと駆り立て

暴言と毒舌はメンバーを捩じ伏せたものだ

デフォルメし震撼させ、わが飢えと窒息

じみた現状を発露した

雄叫びと地獄の永劫の苦悶

と熱狂は乱舞し、御覧の通り

悪魔登場！

さあ良き会話や幸福論

について質疑応答といこう

飛躍的ヴィジョンの地獄

の風調を味わうと
賛歌の疾風を再確認せざるをえない
それら数多の創造物への魅惑

2020.12.8M

地獄の夜②

コンセール・スピリチェルの演奏
平穏なみなぎる圧力しかも
気品に充満させし野望よ
そは私の詩情？
気品的な野心！
今一度、人生を呼び起こせ！
地獄の劫罰が永遠を刻もうとも
人在りての美的芸風を毀損し
反乱を突き付けてわが地獄
在りしの信条をカトリシズムの
執行のごとく吐露せん
わが洗礼を呪縛と両親
によるおしつけから無垢なわが
惨めさを解放せん
苦悩の反撃よ地獄での余力よ
人生よ今ぞ再来！　遅れなく

劫罰の甘受よ深淵へと
流入する犯せし速度は
人と法を擦過しわが転落地となる

地獄の夜③

君はどう味わう！
正直いってここに最接近し悪魔の無常なる狂気を語りき
わが怒号
愛憎をたきつけん
やめろ！　誤謬ふきつけ魔術のまやかしの
香気や音楽の懇願は
そして胸中にある審判といえば真実、正義
完全なる貸し、慢心
私の頭と膚は飢えや渇きから
脱出したい主よあわれみを
子供のころからの足下に
涙の湖と草地で飢えたころ
月の明白は12時を打つ
楼鐘、悪魔の鐘つく
７時、聖マリー！　わがホラー的沈下、足下魂の純性は
願わくば耳と口閉ざし霊魂の
ごとく他人の思考を超克す

地獄の夜④

恥辱の内に魔性を秘めし
幻覚は尋常ならず
いつしか狂乱の人生論を
帯び、作品の主流と妄想的
詩作の信念、たぎる想い
富んだ狂信的海への
さあ人生最終項を刻む時

2020.12/8M　AM3:56〜5:00

地獄の夜⑤

この世で、もはや、神学は厳格さをして、地獄はまさに下へ

そして天国は頂上へと高めた

陶酔や悪夢は燃焼されし巣穴の中で眠る

悪事への注視は田舎にて行われ

悪魔フェルナンドは麦畑の野獣とともに過ぎ越す

主イエスは瞳孔を開眼し歩みゆく、リールバーなしで

怒りの日を歩まれしランタンを我らにかかげ

空白の暴動の変遷おび

エメラルドの霧に憩う

私はまさにこの神秘の内に

宗教的神秘か自然か

死と生誕と過去か未来か

都市でもない主題よむしろ

幻想的思念の内に秘める

2020.12/10J

地獄の夜⑥

聞いてくれ！

私は才能開花し！

ここに人間はいない、何物もない

私の宝庫は爆発的な欲心へと到らなかった

孤絶の詩歌と妖精ウィリーのダンス、私から疎遠となり

私は潜水し新形式を暗中模索したのか？

それを望んだか？

詩作の黄金期を築くことを私にとっては欺瞞の尊大

狂気の失態と案内は快癒しつつ

皆、幼児のようにきたる

安息の心の内をあなたに激白しよう最高の心

にして貧しき人々働こう！

わが望み空しく去り

あなたの単独の告解に眺望みたす

地獄の夜⑦

そして人をして私なりのわずかなる悔悟が世に
しみ入る私のチャンスはピンチにひんし人生は甘くなく
後悔の連続律だ
落ちざまは歯ぎしりする程に想像的な絶句
決断のほどを外界に向け
他にもましてわがタクトは消散しわが城、サックス
樹木、小島、宵、朝、夜
一日、我ここに在りし日
私の怒りと地獄の真価を瞞心を
慢心をやんごとなき地獄の合奏をトンボー
囁くは倦怠を墓だそれは
言の葉つくし恐怖よ
サタンよいつわりと慚愧の
甘き魅了を私は呼び戻そう

地獄の夜⑧

狂気につかれ突進せよ
ああ人生を回顧せよ！
われら歪曲した心眼を投てきし
そは毒づく数多の悪徳への
口吻、わが弱音と世のむごさ
神よ憐れみたまえ
私を覆い隠して余りにひどい
出来事から逃れたし、そは不可能
そは狂熱の魔性と伴づれに

AM3:45〜5:10

DÉLIRES 錯乱Ⅱ　ALCHIMIE DU VERBE

言葉の錬金術①

わが狂乱の物語を語らん

長き年月にわたって私が自負してきた事象とは

現代詩の彩色と再生の試行である

嘲笑すべき有名な対象に対峙しすべての景観に

再構築を可能ならしめんことを私は愚か者の絵画

玄妙と港の甲板、道化者の手ぐすね

表象を彩色を人々に向け

魔性の文学、一者の教会のラテン語、写真

エロチックな無音のわれら小説と熱狂的コント

子供のおとぎ話、オペラ鑑賞、絶景かなナイーヴなリズム反復

2020.12.12S　AM3:31〜

言葉の錬金術②

私は夢想が錯綜しつつ、旅の発見と無縁だった

歴史なき政府と宗教戦争が峻烈きわめ窒息しそうだ

悪しき因習として革命

大陸と種族の位置崩壊

私は総合的カオスを垣間見たものだった

私の母音の歌での配色を紹介しよう

Aは黒、Eは白、Iは赤

Oは青、Uは緑

私は動体に音響を付与し

リズム感を伝授し、各自したため

心を分け合う詩の魂

を招待した発案にうわついた

他者と接近し一両日で総てのセンスを

伝統の受信をなしえたはず

言葉の錬金術③

まずはエチュード沈思の記述
奇想天外に打破され
めまいに固定観念に却下

遠景の島、国旗、街村人
一杯飲み干せ暴挙のひざ下
優雅な漆黒の森に導入し
暖かな午後、緑草に霧立ちこめ

オワーズの青春時、私は飲まれ
声なきオルム川流れなき氷河
天の覆い、にれの木々
青春の乾杯、私には程遠し
対してこんなに富貴なところが

尊大な対象に対反抗し
天の嵐、午後の風に仕打ち
森の水は砂塵をこうむる
神風は泥沼の氷塊

言葉の錬金術④

なげけわが旅よ、飲めやしない

夏8月の朝
今しがた愛念の眠り
またもや木陰の内に蒸発す祭の夜の匂い立ち

歌が広範囲で木霊す場で
エスペリドの太陽
擾乱さあ燃え動きを
シャツの下大工達の

悪因習からの静態的孤絶
豪奢な装飾が細部にしつらえ
街は不実な天の失意

魅惑の忘却の為

バビロン王あてに

瞬時の愛ヴェーヌスよ

魂の玉座

言葉の錬金術⑤

子羊の女王
人生の水、港の労働者
平穏なみなぎる原動力
午後の海に遊泳しつつ

人生論はわが詩よく部分から全体的に言葉の錬金術
単なる幻視を慣習とす
私は空想で描写した回教
寺院を工場を絵画の学校を天使の偉業を
天の四輪馬車、湖底のサロン、怪獣、神秘を
風刺歌のタイトルを私自身に現前させた
ソフィズムのマジックは言葉の幻視で説き明かした
わが精神の聖なる愁嘆場を通して終焉する

言葉の錬金術⑥

私は大河の絶頂を無為に表現した

獣的な誇大妄想を吹き込んだ無限軌道よ極まりなき

混沌とわが無垢なる表象よ

バージンの眠り貪る

鋭利なわが性格

ロマンの聖列と現世から惜別を決断す

2020.12.12　AM5:48

言葉の錬金術⑦

最も高い塔の歌

何事が来訪しようか
時は陶酔の最中（さなか）

私は忍耐に明けくれしか
決して忘却しえぬか
疾風と苦悩
天の采配考
悪しき退廃的な渇き
われらが血の茫漠とした底辺か

牧草への委託
胸中を打ち明け
豊穣な花ざかり
無為な陶酔

粗暴な人界の大鐘

悪しき虫酸

来訪しようか今ぞ永遠

2020.12.16　Me　AM4:47〜

言葉の錬金術⑧

私は砂漠を愛し焼け焦げた筈、生ぬるい快適な隣人
そこでの悪臭放つ裏切行為
閉じられし目、盲目的なまでの無関心
太陽の神的炎の出現に対して
寛大にも古き大砲が城壁に通し廃墟となると我らが被爆地
乾きに飢えし地の無防
店に広く散乱した氷塊
サロンにおいてもだ！
街を覆い尽くした遺骸
酸の充満せし排水溝の

言葉の錬金術⑨

銃弾の散乱した粉々になった居間
ああ小僧は宿屋のはばかりへ追いやられ

ついに幸運理念と蒼天の風雲児
青天の霹靂
わが火花の閃きし自然光の中での黄金期
しかれど表現の機微よ
人生のそれ可能な限りの道化のごとし

そは再考
何だって永遠
そは海と太陽の結婚
わが魂よ永遠に
君の願望は傍観者
単独ならしめる夜の慚愧
熱狂のころの

言葉の錬金術⑩

ゆえに手を切って
人情と配慮あるなら
生のコミューン躍動
単独の飛び火

希望的観測は無し
一條の願いも無
科学と忍耐　苦痛は覚悟

明日は余りに
サテンの燠
あなたがた大人の義務

私はオペラやお伽話に無我夢中となっていた人生は
すべからく幸と不幸の名の運命に表出され
行為は人生からそれる

言葉の錬金術⑪

だが方途は濾過し

なんと言う力か環境とは

モラルと弱き意志　各自あふれし他者の人生

外観は義務の見かけ

ムッシューはこうではない天使だ彼はと言いはる

犬小屋の家族、あふれし人界にて瞬時の絶頂は

他者の内またも愛しの他にソフィズムの狂執念

閉塞的、狂熱よわが作品

再読したしそのシステムを

健康にこうむりし暴虐来たりし

転落のころと在りし人生の睡魔に陥る

目覚めと継続にははかなき想い

きびす返すと囁く声に対し弱き危険な道程に

言葉の錬金術⑫

現世の私にシメールでの告解

作品の渦巻くわが個性

わが旅路に課せられし同時性

栄光の残像と脳内

海にたむけし愛念と微笑

信仰と聖列、虹の立像

悪魔的幸と不運のうめき声のわが言の葉

わが人生観はいつの日も無窮の野獣への渇望

幸福よ歯よ甘き死語

突撃の聖歌が来臨

夭折の主キリスト　灰塵の街に来臨

ガリア人の心　城の季節に誤謬なき魂　過ぎ去りし日々

2020.12.16　Me　AM7:25

MATIN

朝①

一度の揺籃期の心地よさも無い

私には壮烈な伝説となった一枚の書類を見て叫ぶには

余りにも幸運だと重罪でどんな語の誤謬も現実の無力感の現前で

真価があるのか？

悲嘆にくれて、すすり泣き追い立てられ狂愚を主張する病は

私の崩壊と睡眠状況を示しうる

1999.5.27

朝②

次に心の褶曲よりむしろアヴェマリアに頻繁に、哀願する
もう話すこともないが
しかしながら今日という日に地獄の交際を知った
良き地獄のそれらの乱脈は扉を切開した

朝③

砂漠の夜、目には日々輝く銀色の星の妄想よ

驚嘆なしに最たるものの生命や呪術、心情、精神は語れず

嘲笑は砂漠や山の向こうで、斬新な出きばえの出生に敬礼する

1999.5.27

朝④

叡知は暴君の新たな成果と悪魔を示す
終末は第一原因を崇拝することを廃止する
クリスマス現世にて、夢にとりつかれ天の行進曲を歌う
永遠に心の隷属が、生命を地獄に落とされないように

1999.5.27

朝⑤

離散せし悪徳の死語は再臨

望むことなかれわが心細き時の音を説明不可なるゆえに

アヴェマリア歌い続けるように

私の語りべ自身ゆえに願わくば関係の終了とわが地獄の季節昔から

子供時代から開眼せし詩門を今日、閉じようと

同様に砂上の夜自体いつも瞳に星の富貴は

王の一生の不動のないよう

東方三博士の心や魂やエスプリ

我らの散逸は途方なき砂山に生まれと新しき仕事に

賢明を悪魔の背信に憧憬を仕打ちからの別離！

始原を第一原因よ、地上のノエル聖歌と人々の行進と

わが人生の悪しき隷属からの別離を

2020.12.17　AM5:33～AM6:05

66

L'IMPOSSIBLE

不可能①

ああ！　わが幼少期といえば総ての時にしきつめられし
威厳なルート、不自然な孤絶感も意地悪より最たる不運よ無一文
国なし平穏な友無し、逃がれたし、この現状よりいざ単独で
私は善良人を軽視してきた
やんごとなく容赦なく
今日のわれらの人々の健やかなること提案することへの不合一
それらなる偽善から
わが逃避よ来たれ！
得心いくまで過去に立ち返上しよう
天よ聖母はこの場で落胆
われ踵を返し、過誤に対峙しわれらの無知蒙昧からの
不愉快を退散せしめ

2021.2.5　AM2:25

不可能②

施しは無視され不潔なままで現実の実用性とは無縁だった
現実逃避しようか？
出奔だ素顔なる自然体
侮辱されぬ台無しになる前に本気か？　人々の愉楽からの邪険
人間性への不信感か過誤によってか
私は祝福を与えられないでいた
理由はこうして再起しうる
速く過ぎ去りし泥沼がそこに垣間見られた
西洋の野望の形骸を私は星の光線がつむぐ
永遠なる形を平等な均等性の運行を信じない
よしんばここにわが精神最上なる革命を給わん

不可能③

恐怖心をかなぐり捨て東洋の果てまで心を展望し飛翔せよ

しかし二重に理性とだえる西洋においては

精神性は権威としてとらえられ欲しいがまた競争をしいられる

生の内に私は悪魔の閃光を吹き込む芸術の光明

招待状は見聞としてピラドのオーダー

東洋回顧は永劫への初代たる知性へ

夢先案内よグランパレへ導入されし

しかしながら夢想は戦いから

好奇な現実の峻厳へと歩みを退却されつつある私は回教寺院を見た

科学の表明や現実苦はそこにはなかった

不可能④

キリスト教の信徒は証拠を率先してひもとき
審（つまび）らかにできようものか？

分岐点を緻密な拷問と心の氾濫に存在する根源を

おそらく自然は至純とアンニュイ

ムッシュ、純粋人キリスト

それゆえカルチャーショック

食卓と伴に熱情を食しアルコールやタバコや珍奇

不望なる、オリエントへの野心遠心へ集中占め

いかなる事由にせよ毒を招来せん

教会のたどった道はエデンへと向かい競争へとかり立てた

東洋人の歴史においてはない

エデンとは真実か？

私は夢の中でアンチックな純なるレースに

はめこまれる無明のエポックへと

不可能⑤

哲学は現代の年を示さず人間性は存在なばなの固体

あなたは西洋人、だが東洋で自由に生活している

古代からそこにいたのか

より良く生きたかそうではなかったか

哲学はあなたを西洋人とする

わが心は守護されえぬような仕打ちうけた！

科学よ急がず試してみよ

だがわが心傾く現世

もし悪魔語りなば

真価は多分に堕天使が現実性と真知に害毒を流入し

これは漕ぎ出した悪魔の見解

純然よ悪の瞬時のビジョンよ神性を通して不幸へと招き下降しよう

2021.2.5　AM5：00

L'ÉCLAIR

閃光①

人間の所々業とは、諸業

わが深淵と為す閃光として爆発せしことだ

「無の骨頂、科学よ前進！

されど、死骸は他者の心通して

現代の教会が叫ぶ言説では厄介で怠惰は転落す」

ああ！　急げ

少々地獄とはこのような夜に

未来永劫に罰と報いから我々は逃がれぬと

私といえば仕事と科学は緩慢でギャロップを踊り祈れ

偉大な光明よそれ見るがよし

怒りに触れ淡々と熱砂の舞

わが身上に去る

欲心や方途よ

鉄や資源の側でわが人生の有効性とは

さあぐうたら怠惰の悲哀よ
存在感と愉楽は愛すべき夢想を切る

2021.2.10　Me　AM3:56

閃光②

世界の幻想や奇怪に向かって現世の現象を極めよか

道化者や乞食、芸術家、悪党、病院のわがベッド

感性をオーダーし純化すれば過去に回帰す

アロマの庭師、告解師、殉教者としての子供の教育を回帰し

なんと20歳になった自身を刻印す

他者だったら、いや、今となっては言語革命わが軽卒と見識

仕事よいかに裏切り者は現実の仕打ちくれはてた

最期の日に右往左往

さればわが貧しき魂不朽ならしめん

2021.2.10　Me　AM5:10

ADIEU

別離①

こんな秋とは

だが何ゆえ悔悟する、永遠の太陽よ

もし我々が神の明晰を再開すると誓約するなら秋日

我ら高らかな不動の暴挙の内

小帆船は神秘の港へと回帰する

法外な小島は怒りの天となり汚辱に触れゆく

ああぼろ布とパンは涙でずぶぬれ

酔いしれては数多の愛憎は十字架へ

彼女はついえぬ、ゆえに女王

数多の魂と死骸は自身で裁け！

私は膚が汚辱されペストに蝕まれた人を見出す

言葉あふれ髪は自然で今一度心の安逸を

年はもいかない心もとなし不実を知り尽くす

死を望む恐れを想起し

惨めに浸潤そして冬へ暗礁に乗り上げたる想い

2021.2.12　AM1:23〜

別離②

ゆえにその季節来たらん！
いくどとなく、私は天海は喩楽の元来の姿を
終末なしとしてとらえていた
偉大なる黄金、私にも与えられると……マルチカラーの挑発は
朝には凍りつく私は総て祭りを封印した凱旋にドラマに鍵を示した
新しき花を提示した。新星なる新寵児あるいは新詩体
超自然を可能ならしめん
いいともわがイマジネーションと想念
導入すべし美の芸術と栄光は転落し尽す
私は賢明な公平を言及し道義に費やす
個を与え心締めつけられ恥辱の現実に探究する
田舎で私は恩恵と私の言葉は天分だと思っていた
それは誤っているのか？

別離③

ついに許しをこう、嘘だったと
さあ、友よ救うに能いするか？

誰ぞ新しき時、むしろ、しいたげられゆえに勝利宣言は望まぬ
歯きしむ音狂気の仕打ち、現世に充満す
思い出は水面下にしのぶ。最期の告解
ジェラシーの仕上げ、悪党よ
わが友と言葉の死よ、外敵は消え去る
もしリベンジするなら現世にかしずかせねばならぬ
聖歌のポイントは得られない
再び、苦々しき夜、乾燥した血がわが顔面でくすぶる
わが終末、木々の恐怖心
精神の闘争は他者の暴挙とだが正義の判定と観点は神領域

別離④

街中にいた時々、現実の甘き影響こうむった
オーロラは武力への忍耐を前にして
街に徘徊す友の手にどう語るのか！
美の先手は古びた愛に嘲笑を投げかける愛の詭弁に
いつわりのカップルに打診す地獄はここに在ると
たゆたう支柱にて刻す
魂と肉体の真知を
４月　８月
1873年

2021.2.12　Ⅴ　AM3:14

Illuminations イリュミナシオン

注釈　パリ万博1867年１位日本ブーム……

植民地時代

ビクトリア

スペイン作曲家がイギリス女王の同名

ヴェルディの「アイーダ」

バレエ「エクセシオール」スエズ運河開通記念

しかし、ユーロトンネルは青函トンネルに学んだとか？

ジュール・ベルヌ「80日間世界一周」

サッカーワールドカップ1998優勝

コンコルド広場でのフィーバー

2018年優勝のビクトリア女神の眼は

なぜか寂しく空ろなイリュミナシオン

「自由の女神」も「雷鳴と雷光」2019〜

ランボーの左手痛しブリュッセル1873

「サンパウロの手」2014と2016

2014　2015

2016

第二回パリ万博1890

1903年ラディゲ

「エッフェル塔の花嫁花婿」コクトーの嘆き

　　　　　　　　　　　1923

2021.2.17　Me

ANTIQUE

有難き主のパン
君が現前眼への接点は漿果の通過儀礼よ
丸パン貴重な騒乱起こす。茶色のリュートに触れよ
君の遊び心知恵を絞ろうぞ交錯し光沢チターを奏でし君の胸
ブロンドの腕の中、ひしめき合う胸中はと言えば両性具有
夜の岬に甘き好奇と挑発よ左岸へ足運べ第二の心

2021.2.17　AM1:40〜2:20

PROMONTOIRE

岬①

黄金の黎明と宵に震え立つ分岐点の街に我々の小帆船が帰起港する
岬の現前に感受せしペロポネソスのエンパイア
日本の大いなる列島
アラビア、ファナムなどの伝統的なセオリーに回帰してみる
無限無窮なる防御と海浜の現代風な起点に辿りつく
砂丘を彩るは熱帯植物が堤防に息づく
カルタゴの運河と開拓地にヴェニスの岩礁
エトナ火山の山肌とクレバスの花、珍妙な水仙
ドイツの洗濯場の入口で、
斜面は公園に孤立してある方面へ傾きゆく野心もたげる
日本の律令制国家、王制と偉大な円形のファサード
選り抜きのある方向性へ

2021.2.17　Me　AM2:25〜

岬②

スカルボやブルックリン鉄道の張り出した高架線
スロープや柵の中
ホテル見出せる上品さ余って歴史の内なるイタリアの闘技場
建立されしアメリカとアジアは窓とテラスに現状指し示す
樹木の黎明期と潤沢な様子に
震撼す、開花せし文明への旅立ちは品格は内に秘めし
愉楽の日と端緒に舞踏への歓誘よ
リトルネッロやワルツ芸術を極める
パレプロモントアのファサードで最上の装飾をきたしている

2021.2.17　Me　AM3:25

ANGOISSE

苦悶

彼ないしは彼女は圧倒的な粉砕をきたす
野心の継続を告解しつつある
容易ならしめる心貧窮な年に
とりつくろう成功の日よ
眠りにつけし
最も高き我らの誤謬と宿命！
拙劣ともいうべき悪魔の内に愛の力！
最も歓声と聖なる――それら方途、寄る辺
悪魔曰く若者とはすなわち私
事件は科学的動向と社会的友誼を精査し
恋人は最初のフランス人の拘束で過程
しかしバンパイアは懇切な命令で
我らの堕落した愉悦は
滑稽極まらないと

傷跡いえぬまま海底に心沈下し主人はよしんば
無残な科学的拷問と波浪のうねりへ

2021.2.18　AM3:34〜4:27

MÉTROPOLITAIN

メトロポリタン①

インドの最端の海洋

砂漠の薔薇とオレンジが天の酒

開口する差し示そう大通りと交差点は透明な生活

大陸的でない貧しき若い家族によって

果実の家に食す、富と無

街はタールと砂漠

地上に広がるもや

恐ろしく立ち並べられ再び覆われ

遠ざかり落日へと

きらめく黒き煙幕よ

大海原の愁嘆

兜、車夫、小舟は彩色されし戦闘の根

洗髪し木の橋でサマリアの最端で

色どられし炎のランタン

寒い夜にて映えるマスク仮面のオンディーヌは川下り
喧騒をはむ光彩陸離は絶頂を来す
重厚さ増す幻想としての田園の遠景

2021.2.18　AM4:27〜

メトロポリタン②

舷側砲のルート燃えつきしたまゆらと対峙する

花々、楽園に心内に出現する

長期戦のダメージよそに

仙女の貴族的ウルトラレナス、日本、ガラリア

所有地と荘園制に響くはいにしえの雅楽を感受せん

いつでもここでは開示されよ

王女は天上で星座を学ぶに到らず朝

彼女と雪の頂で緑の唇葉と紋様や

氷河に黒と青の旗が光彩放ち太陽と

マスト芳香を弾く緑の唇葉と紋様

À UNE RAISON

ある理性に

君の指の一撃よ
乾燥機に給油せし
新たなハーモニーは
こうして開眼せし

君の一歩、そは、新たな人間と苦行の歩み

君の頭脳は再生不可
新たな愛よ！
君の頭再生、回帰せし、新たなる愛！

我らの天命余剰に変革来せ
百花繚乱よ
選別機をくぐり抜け時宜を開示す

子供達に歌いし君が
「我らの未来や祈願と存在については
生徒にとって重要ではないか？」
せんなし
君の苛々来訪してすぐにいつも到着す
時、待たずして去りぬ

2021.2.23　M　AM3:54〜4:24　　FIN

著者プロフィール

SeReine Junco Kobayashi （セレーヌ ジュンコ コバヤシ）

本名・小林淳子。
京都市出身。
2003年、カトリック河原町教会にて SeReine Junco の名で洗礼をうける。
2004年、日本大学文理学部哲学科卒業。
珠算1級、簿記1級、秘書検定3級、商業事務上級。
日美展レタリング入選、講談社フェーマススクールお花の絵準入選。
池坊華道免状。
実母の京手描き友禅を手伝っていた。
著書に『深層におべっかを』（カギコウ、1991年）、『至純』（サンパウロ宣教センター、2007年）、『夢響』（文芸社、2015年）、『至純』（文芸社、2016年）、『悩める天使の声』（文芸社、2017年）、『私訳 ボードレール「悪の華」より、また、ルクー「3つの詩」』（文芸社、2018年）、『熱情パーカッション』（文芸社、2019年）がある。
京都市在住。

私訳　ランボーアンソロジー

2021年12月5日　初版第1刷発行

著　者　SeReine Junco Kobayashi
発行者　瓜谷 綱延
発行所　株式会社文芸社
　　　　〒160-0022　東京都新宿区新宿1-10-1
　　　　　　　　電話　03-5369-3060（代表）
　　　　　　　　　　　03-5369-2299（販売）

印刷所　株式会社フクイン

ISBN978-4-286-23162-4